KB275012

뭐든지 다 합니다

뭐든지 다 합니다

뭐든지 다 합니다

2025년 12월 5일 초판 1쇄 인쇄
2025년 12월 19일 초판 1쇄 발행

지은이 | 변현상
펴낸이 | 孫貞順

펴낸곳 | 도서출판 작가
         (03756) 서울 서대문구 북아현로6길 50
         전화 | 02)365－8111~2 팩스 | 02)365－8110
         이메일 | cultura@cultura.co.kr
         홈페이지 | www.cultura.co.kr
         등록번호 | 제13－630호(2000. 2. 9.)

편집 | 손희 김치성 설재원
디자인 | 오경은 이동홍
영업 | 박영민
관리 | 이용승

ⓒ변현상, 2025. Printed in Seoul, Korea.
ISBN 979-11-24095-14-0(03810)

* 잘못된 책은 구입하신 서점에서 바꾸어 드립니다.

값 13,000원

작가기획시선 046

뭐든지 다 합니다

변현상 시조집

작가

■ 시인의 말

먼저 제 삶의 이유이시고 이렇게 시집이라는 작은 결실을 엮게 하신 하나님께 감사드립니다.

게으름과 동거를 하다 보니 많이 늦었습니다. 마지막으로 시조집을 엮고 나서 근 십년 만에 세 번째 시조집을 엮어봅니다. 빤히 보이는 1차선 도로를 너무 오랜 시간을 걸어 이제야 맞은편 인도에 닿은 거 같습니다. 용서를 구합니다.

요즘은 K가 붙은 한류로 온 지구촌이 떠들썩합니다. K팝 K-뷰티 K-푸드 등, 우리가 창조(?)한 것들이 죄다 1등이라고 하니 기분은 좋습니다만 기박청희구동상쟁지심將棋淸戲具動相爭之心이라는 말이 있습니다. 이 말인즉슨 예를 갖춘 점잖고 맑은 놀이라고 칭하는 장기와 바둑 두기라고 해도, 다 투는 마음이 생긴다는 말입니다. 경쟁하고 또 승리하여 1등을 하지 못하면 대접(?)받을 수 없는 시대를 관통하면서, 1등이라는 것을 논하는 것(짓)들에 대하여 무척 반대하는 마음입니다. 하지만 제가 지은 졸저가 많이 읽히는 갈래에서만큼 상위자리에 오르기를 감히 소망해 봅니다.

2025년 겨울
변현상

차 례

5부
볼 적마다 변하는 건 내 눈이 작나 보다

찬양하라 생명을, 흠숭하라 뿔과 뼈를

— 변현상 시조집 『뭐든지 다 합니다』

박진임(문학평론가, 평택대 교수)

"만약 육체가 스스로 말할 수 있다면 이렇게 말할 것이다.
우리는 소모품 이야, 교환가치일 뿐이지."

— 마르크스, 『자본론』에서

1. 뼈와 뿔과 남성적 목소리의 시인

지구상에서 국가 간의 경계가 덜 견고해지고 인력과 자본의 이동이 역사상 가장 활발해진 시대가 우리 시대이다. 그러나 발전이라면 발전이랄 수 있는 그 변화 덕에 개인의 삶은 더욱 어려워지고 있다. 국가는 물론이고 개인이 속한 어느 공동체도 구성원들을 충분히 껴안고 보호해 주기 어렵게 되었다. 기업은 초국적 기업의 형태를 취하며 지구 끝까지 값싼 노동력을 찾아 헤매고 개인은 자신의 육체가 교환가치를 지니고 있는 동안 그 가치를 충실히 재화로 바꾸어야 할 운명에 처해 있다. 낭만적인 시를 쓰기에는 너무나 냉혹해진 현실 속에서 우리가 꿈꾸고 상상하는 방식도 반 낭만적인 방향으로 변화해 가고 있다. 당연할 일이다.

변현상 시인은 그러한 시대적 변화를 예감하기라도 하듯 오래전부터 우리 시대를 전혀 새로운 상상력으로 읽고 해석해 온 시인이다. 섬세한 감성의 촉수로 세상 만물을 대하면서 우울한 비상의 꿈을 꾸는 시인들이 넘쳐나는 문단에서 변현상 시인은 언제나 예외적이고 독특한 목소리를 내는 시인이었다. 큰 느티나무처럼 버티고 선 채 날아오르는 새들과 지나가는 자동차들과 바삐 움직이는 노동자들과 비어 있는 공단과 허물어져 가는 집들과 그 집처럼 나이 들면서 낡아져 가는 사람들의 몸을 스케치하고 그들이 지닌 사연들을 노래해 왔다. 모란이 지고 말면 삼백 육십 날을 꽃 피기만 기다리겠노라던 영랑 시인에게 도전장을 던지듯, 혹은 떠나는 님에게 진달래꽃 한아름 뿌려드리겠다는 소월 시인을 비판하듯, 변현상 시인은 현실에서 사람들이 살아가는 모습, 그 생존을 위한 거친 몸부림과 울음을 있는 그대로 그려왔다. 우리 시 전통에서 여성 목소리의 복화술사를 자처하는 시인들이 많았던 탓인지, 변현상 시인은 부러 남성적 목소리를 전면에 내세우면서 시를 써왔다. 전자가 슬픔과 한의 공간을 빚어내었다면 변현상 시인은 뼈와 뿔이 상징하는 남성적 힘의 공간을 창조했다. 부러 팔 걷어붙이고 건장한 근육을 드러내듯 무뚝뚝하면서도 직설적인, 그러나 현실을 가장 핍진성 있게 재현하는 모습을 보여주었다. 우아한 시적 포즈나 과장되게 느껴지는 여린 호흡을 물리치고 새롭고도 패기에 넘치는 상상력을 발휘하면서 세상을 대해왔다. 이를테면 그는 물질적 상상력에 기초를 둔, 남성적 목소리의 시인이라 할 수 있다. 변현상 시인의 작시법 혹은 시 철학은 이번 시집에 담긴 「시詩는」에 잘 나타나 있다.

칼 같고 천치 같고
탈탈 털면 하얀 빈방

고문해도 빙빙 돌려 진술하는 천진난만

껍질은 죽은척해도
살아있는 말믈의 뼈

바위취 냄새 묻은

개여뀌 솜털 같은…

말하자면 뜬구름
소속 없는 무적 신분

왔을 때 확 껴안아야지
한눈팔면 도망이다

—「시詩는」 전문

살아 있는 말의 뼈를 가감없이 뼈로 그려내는 핍진성, 그리고 "왔을 때 확 껴안"는 투박하리만치 직설적인 묘사가 변현상 시세계의 특징이라 할 수 있다. 이번 시집에서도 변현상 시의 요체에 해당하는, 새로운 상상력의 힘은 더욱 정제된 모습으로 텍스트 전편에 걸쳐 드러나고 있다. 먼저 솟아 오른 빌딩을 보면서 그 빌딩의 모습에서 튼튼한 뼈를 지닌 사나이의 이미지를 찾고 있는 「63빌딩」을 보자.

꽉 묶인 위리안치
껴안고 살고 있는

63개 등뼈를 가진
사나이는 삼십 대

전생에 산이었을까
구르다 온 바퀴였을까

바로 옆 한강 물은
묵인하고 흐르는데

없던 일로 퉁 치자는
누추한 밤 자리 깔자

환하게 뼈마디마다
층층이 불 밝히네!

—「63빌딩」 전문

변현상 시인은 63층을 이룬 거대한 빌딩을 바라보면서 그 건물이 세상에 무심한 무생물에 불과한 것이 아니라 우리 시대 사람들의 삶의 모습과 밀접한 연관을 지닌 하나의 생명체라고 본다. 그리하여 그를 삼십 대 사나이로 의인화한다. 지은 지 삼십 년이 지났으니 삼십 대 인생이라고 본 것이며 또 63층을 지탱할 수 있으니 기골이 장대하여 등뼈가 높고 곧고 튼튼한 사나이라고 본 것이다. 그런 까닭에 밤이 되어 그 빌딩에 불이 켜지는 순간 또한 뼈마디마다 들어서는 불빛이라고 노래할 수 있게 된다. "환하게 뼈마디마다 충충이 불 밝히네!"라고 종장을 마무리하는 맵시를 보라! 우리 시의 오래고도 강한 전통인 낭만성을 거뜬히 제거한 채 그 자리에 남성적 몸과 목소리를 지닌 시어들을 배치함으로써 변현상 시인은 새로운 시의 영토를 개척해가고 있다. 그것도 시조 양식을 취하여 언어를 경제적으로 사용하면서 텍스트가 음악성까지 지닐 수 있도록 만들고 있으니… 변현상 시인은 그토록 예사롭지 않은 작업을 너끈히, 그리고 신나게 해 내고 있다. 여성적 목소리와 그 목소리에 실리는 상실과 애통의 정서를 버리고 그 자리에 뼈 혹은 뿔로 대표되는 남성적 이미지를 배치함으로써 변현상 시인이 이루어내고자 하는 바는 현실에 튼튼히 뿌리를 내린 상상력의 발현이라고 볼 수 있다. 이 비정한 현실에 정당하게 맞서는 비정하면서도 정확한 문학적 재현의 장을 그처럼 남성적 이미지와 굵고 힘 있는 시어들을 통해 이루어내고 있다.

「신호등 총독」 또한 낭만성을 제거한 자리에서 도시의 풍경을 남성적 목소리로 재현하고 있는 텍스트이다. 대도시에는 63개의 곧은 등뼈를 가진 사나이가 산다고 노래한 시인이기에 그 도시를 가득 메운 자동차의 흐름을 관장하는 신호등 불빛에서도 변현상 시인은 사나이의 이미지를 연장하는 상상력을 펼친다.

　바쁘게 살아가는 오거리 다섯 지파支派

그들을 다스리는 탈 없는 총독 계셨으니
모든 이 그를 가리켜 신호등이라 칭하였다

CCTV 카메라 달고 꼿꼿하게 집행하며
보무라지 한 점조차 허락지 않는 원칙 통치
저 명령 굵고도 곧다
누가 감히 대적하랴!

거짓부렁 범람하는 완만한 혀의 시대
헝클어진 도로를 불빛으로 죄다 푸니
오늘도 다섯 지파는 불통 없이 시원하다
　　　　　　　　　　　　　　—「신호등 총독」 전문

　이 시에서는 도시의 신호등이 다섯 지파를 다스리는 총독으로, 누군가를 명령하는 권위를 지닌 남성적 존재로 등장한다. 일찍이 김광균 시인은 도회의 밤거리를 밝히는 와사등을 먼 데서 온 소식으로 읽으며 어디로 가야 할지 몰라 하며 방황하는 시적 자아를 그 와사등 불빛에 투사한 바 있다. 이제 와사등이 사라진 자리, 도회의 밤거리에서 개인이 느끼는 고독과 상실의 정서를 노래하며 탄식하기에는 우리에게 주어진 삶의 무게가 너무 무겁다. 변현상 시인은 총독으로 불리는 위정자에게 원칙 통치와 굵고 곧은 명령, 대적할 자 없는 권위를 투사한다. 그리하여 불

통과 거짓부렁이 가득한 시대, 그 시대를 살아가는 현대인들에게 갈 길을 제시해 주기를 희구한다. 헝클어진 도로가 적절히 상징하듯, 시작도 끝도 없이, 앞뒤가 뒤바뀐 듯한 것이 지금의 세상이다. 시인은 그런 세상에서 뒤엉켜 살아가는 시민들로 하여금 제 갈 길을 찾아갈 수 있게 하는 지도자를 노래한다. 이해관계가 상충하는 다섯이나 되는 지파도 서로 비켜 가며 제 갈 길을 가게 하는 진정한 권위를 지닌 지도자를 기다린다. 그의 출현에 대한 희구를 담은 텍스트가 「신호등 총독」이라 볼 수 있다.

2. 소비되는 몸과 노동

무한히 떠도는 자본과 소모품이 되어 버린 노동자의 육체와 그로 인해 생겨나고 견고하게 고착되어 가는 사회 계층의 문제 뒤에는 조직화 된 권력이 도사리고 있다. 경제적 권력, 사회적 권력, 그리고 정치적 권력으로 사람들은 분류되고 다시 조직된다. 권력을 소유하기 위한 무한 경쟁의 시대, 힘을 향한 무한 욕망을 변현상 시인은 정확하게 파악하고 있다. 국제적 기업이나 정치 체제만이 권력을 기초로 이루어지는 것이 아니다. 미셸 푸코 Michel Foucault의 지적처럼 권력은 이미 18세기 이래 우리의 모든 일상에 스며들어 작동하고 있다. 그러므로 18세기 이후의 역사는 권력의 미시사라 할 수 있다. 오늘 여기에서 권력을 지향하는 인간의 욕망은 무수한 상품들을 양산해 내고 있다. 욕망은 권력을 추동하고 권력은 다시 욕망을 밀어 올리는데, 권력을 향한 눈먼 욕망을 그 상품들이 대변한다. 변현상 시인은 자갈치 시장에서 사람들이 사고파는 상품들에 주목하면서 상품 속에 숨어 있는 권력과 욕망의 관계를 읽는다.

　　산수유
　　오메가3
　　우루사
　　동충하초

　　복분자
　　원기소 두 알
　　박카스
　　비아그라

　　기氣 받고
　　되살아나는 유대광야의 아우성
　　　　　　　　　　　　―「자갈치 시장 2」 전문

　텔레비전 광고에서, 잡지의 화보에서, 또 뉴스의 사이사이에 선전되는 상품들. 변현상 시인이 나열한 소비재는 한결같이 그들이 그것을 소비하는 사람들에게 힘을 가져다준다고 자랑한다. 힘없는 존재에게 힘을 주고, 지쳐서 기운이 없는 이들에게 기운을 북돋아 주고 무력한 사람들에게 재활의 에너지를 가져다준다고 외친다. 결국 일어나고 위를 향하며 권력에 조금 더 가까워지기를 원하는 사람들의 욕망에 호소하는 상품들이다. 모두가 보다 더 강한 힘을 가져다 줄 것이라고 약속하며 외치고 있다. "기받고 되살아나는 유대광야의 아우성"이라는 종장의 표현처럼 한결같이 아우성이다. 아무도 침묵한 채 주어진 여건에 만족하려 들지 않는다. 보다 기운차게, 보다 높이, 보다 힘 있게… 무한 경쟁에 몰려 한없는 욕망에 포획된 이들의 아우성을 변현상 시인은 상품들 사이에서 그처럼 날카롭게 포착한다. 부산의 자갈치 시장이 권력과 욕망의 거대한 거래처임을 드러내고 있다. 그러나 웅변하지 않고 설명하지 않는다. 상품의 이름들을 나열하기만 한다. 그 이름과 주장된 약효들로 하여금 소비자의 욕망을 직접 설명하게 만들고 있다. 참으로 뜻밖의 시인이 찾아낸 의외의 시적 기법이 아닐 수 없다.

한국 현대 시사에서 변현상 시인의 존재는 그처럼 예외적이다. 변현상 시인만큼 독창적인 목소리를 한결같이 지녀온 시인을 찾아보기는 쉽지 않을 것이다. 그는 부산에 삶의 근거를 두고 자신의 삶을 노래하고 사람살이의 이치를 그려왔다. 또 그와 함께 하는 이웃 사람들의 삶을 가장 예리하게 관찰하거나 분석하고 진솔하게 재현해왔다. 상

처 입은 이웃들을 돌아보며 깊은 애정으로 환부를 어루만
지는 작업을 해왔다. 과장되거나 화려한 수사를 멀리하고
우리 삶의 남루한 장면과 결을 그대로 드러내는 생활 속
의 말들을 알뜰히 골라내어 소박한 언어들을 시어로 승격
시켜왔다. 잉여적 감정, 과장된 은유, 혹은 현학적 개념어
를 그의 텍스트에서는 발견하는 일은 없다. 오히려 그 대
척점에서 놓이는 언어들이 그의 시적 질료를 형성해왔다.
지식인이 아닌 노동자의 그림자가 변현상 텍스트의 밑그
림을 형성하고 있어 그의 텍스트는 파스텔 빛깔을 지녀
본 적이 없다. 우리 시대, 소박하고 성실하게 살아가는 모
든 이의 삶이 드러내는 색깔이 오색 무지개 빛이듯 변현
상 시인은 그 다양한 삶의 색깔들을 텍스트에 스케치하듯
옮겨와 밑그림을 그리곤 한다. 그러나 그는 그 삶들을 중
단 없이 스쳐 가는 캄캄한 절망의 시간들도 정확하게 간
파하여 그 암흑의 빛 또한 텍스트에 함께 재현해왔다. 탄
광 갱도와도 같은 짙고 칙칙한 흙의 빛으로 그는 시적 텍
스트라는 화폭을 한 번 더 덮는다. 그런 다음, 그런 캄캄하
고 앞을 가늠하기 어려운 적막한 캔버스 위에 끌을 들어
덜 마른 검은 빛깔 유성 물감을 파헤치듯 무늬를 새겨간
다. 그 끌이 지나가는 자리마다 숨어 있던 오색 영롱한 삶
의 모습들이 원래의 색을 되찾으며 드러난다. 그 모습들
의 무늬는 선명하고 빛은 더욱 곱게 느껴진다. 마치도 저
녁 어스름 하늘에 나타난 별보다 칠흑 같은 밤하늘에 수

놓인 별이 더욱 영롱하게 반짝이는 것과도 같은 이치이
다. 검은 우단 위에서 보석 알이 더 찬란하게 빛나 보이는
것과도 같다.

　그러나 변현상 텍스트에 드러나는 무늬에서는 자주 상
처의 흔적을 찾아볼 수 있다. 그 텍스트의 빛깔에서는 살
짝 일그러진 듯한, 불균질적인 색감이 느껴진다. 눈물 마
른 자국이 어려있는 듯도 하다. 독자를 숙연한 자세로 고
개 숙이게 하는 부분이 포함되어 있는 경우가 많다. 유한
계층의 멜랑콜리나 데카당스에 도전하는 진솔하고도 정
직한 재현의 시어들 속에 알뜰하게 그 사연들은 자리 잡
고 있다. 거친 현실이 추동하는 구체적인 물질성의 언어
를 통하여 권력의 지도에서 지워지거나 지도의 가장자리
로 밀려난 존재들은 모습을 드러낸다. 그들의 삶을 재현
하는 땀과 피와 눈물의 시어들이 변현상 시인의 텍스트의
결을 이룬다. 노동자의 삶을 그리면서 휴일의 공단 풍경
을 스케치한 「휴일 공단」을 보자.

　　엔진 끄고 비 맞으며 쉬고 있는 저 공단은
　　일주일 가없이 달린 흘흘한 가장이며
　　양달쪽 한 가족 모두 책임을 진 사내이다

　　월요일 아침이면 다시 달릴 트럭 가장
　　오늘은 무거운 짐 맘 편히 내려놓은

사내의 어깻부들기 그믐치에 젖고 있다
—「휴일 공단」전문

휴일을 맞은 공단의 모습은 한가하고 고요롭게 그려져 있다. 그러나 그 고요한 적막이 오히려 공단 풍경으로서는 낯설다는 것을 독자들은 바로 알아차릴 수 있다. 엔진이 쉼 없이 돌아가고 트럭이 달리는 모습을 보일 때 그 공단의 풍경은 전형적인 것이 된다. 오히려 일주일 중 하루 쉬는 날의 공단 모습을 그려냄으로써 변현상 시인은 고달픈 노동의 시간을 강조하는 효과를 거두고 있다. 쉬는 것이 오히려 낯설다는 사실이야말로 평소 공단 노동자들의 무거운 짐과 무거운 맘을 효과적으로 웅변하는 지점이 아닐 수 없다.

「휴일 공단」이 일주일 가없이 달리는 어느 가장의 삶을 그리고 있다면 「쉬는 도마」와 「바코드」는 생산의 장 외부에 머물고 있는 구직자와 퇴직자의 삶을 그리는 텍스트이다. 생산성의 저울에서는 추가 가벼워 불안정하게 흔들리고 있는 존재가 그들이라 할 수 있다. 먼저 일렬로 줄지어선 채 구직 행렬을 이룬 청년들을 그린 바코드를 보자.

하늘에도 없는 직장
취직을 할 거라고

굵거나 가늘거나
키가 같은 구직 행렬

일렬로
줄을 서 있다
면접 대기 프로필!

—「바코드」 전문

　구직을 위해 줄지어 늘어선 청년들의 모습과 그들이 내
미는 이력서에서 상품의 바코드 이미지와의 유사성을 찾
아내고 있으니 시인의 상상력은 참으로 놀랍다. 면접 대
기 청년들을 바코드의 이미지에 연결하자 그것은 곧 19세
기 말, 마르크스가 한 말을 그대로 증명하는 장면이 된다.
채용하려는 자는 교환가치가 가장 높다고 여겨지는 상품
을 고르려 할 것이고 줄 선 청년들은 자신의 가치를 돋보
이게 하려고 경쟁할 것이다. 청년의 몸이 소비재 또는 상
품이라면 바코드는 정확하게 그 상품의 가격을 알려주는
장치이다. 길거나 짧거나 굵거나 가는 작대기들이 조합을
이루어 모종의 부호로 작동하고 다시 그 부호는 숫자로
환원되어 상품의 가격을 드러내준다. 청년들도 마찬가지
여서 그동안 쌓아온 능력과 경력을 숫자나 한 줄 기록으
로 이력서에 기재한 채 줄지어 선다. 그 청년들이야말로
"나를 읽어 주세요. 내가 얼마짜리인지 말해주세요"하고

소리치는 바코드가 아니겠는가? 더구나 요즘 우리 사회에서는 이른바 스펙spec이라는 말이 유행이 되어 퍼져있다. 상품의 가로, 세로, 폭을 재는 speculation이 인간의 취업 준비도를 재는 단위로 사용되고 있다. 마르크스가 지적한 바 그대로 육체를 상품으로, 소비재로 바꿀 준비가 된 청년들은 스스로 바코드의 상징을 내면화하고 있는 모양이다.

줄지어 선 청년들의 반대편에는 나이 들어 퇴직한 사람들이 무리 지어 쉬고 있다. 그처럼 일에서 물러난 세대의 삶은 「쉬는 도마」가 대변한다.

　　　　차가운 칼날을 한평생 받아내다
　　　　넓었던 가슴 한복판 움푹 팬 저 남자
　　　　아무도 그의 속내를 알려 하지 않았다

　　　　토막 나는 몸통들을 눈 딱 감고 받아낸
　　　　현기증에 노출된 그의 몸은 정신노동
　　　　한 번도 결근이 없는 성실한 근로자였다

　　　　원치 않게 앓아눕는 매운맛이 다져지면
　　　　딸 닮은 수박 맛의 달콤함을 기억하며
　　　　살아서 팔딱거리는 비린내를 꾹 삼켰다

일할 수 있을 때가 편하고 가장 좋다
다들 아는 그 철학을 평생 행한 늙은 아빠
주방 밖 햇볕을 쬐며 오늘은 쉬고 있다
—「쉬는 도마」 전문

시인은 가슴 한복판이 패어버린 도마의 모습에서 가족을 부양하느라 한 생애를 바친, 나이 든 가장의 이미지를 찾아낸다. 매운맛과 비린내와 수박 맛과 달콤함은 도마의 속성을 잘 떠받치며 그 가장의 인생을 스쳐 간 숱한 사연들을 웅변하는 시어들이다. 다지다, 받아내다, 꾹 삼키다로 이어지는 술어들을 통하여 도마로서의 가장이 거쳐 간 신산한 시간대가 떠오른다. 그리고 그로 하여금 인종의 세월을 견딜 수 있게 한 힘은 딸 닮은 수박 맛으로 드러나듯, 수박 맛처럼 달콤한 딸의 존재에서 왔음을 알 수 있다. 주방 밖의 햇볕과 그 햇볕을 쬐는 도마는 이제는 일을 멈추고 쉬고 있는 늙은 아빠의 모습을 가장 정확하게 재현하는 이미지라 할 수 있다.

그처럼 가장 적절한 이미지를 찾아 내면서 변현상 시인은 자신의 주변에 보이는 모든 불우한 사람들을 일일이 호명한다. 동시에 변현상 시인은 우리 시대가 물신 숭배의 시대임을 누구보다도 정확히 읽고 있다. 사람은 그가 수행하는 기능으로 이해된다는 것, 그리고 그 사람이 받는 대접은 그의 사회적·경제적 지위에 따라 결정된다는 것을 보여주는 「로봇을 보다 - 아파트 경비원」을 보자.

호흡을 위해 버둥대는 땀내 나는 저 유니폼
통돌이 세탁기든
드럼 세탁기든
때 묻은 옷과 씻기며 만신창이가 된다

흔들면 흔들리는 시늉을 해야 한다
속절없이 비에 젖는 화단의 풀 되어
젊은 새 새파란 새가
똥을 싸도 맞고 마는

부녀회 물비누와 입주자회 유연제랑
한통속 빨래가 되어 매일 죽는 유니폼들
오늘도 다시 살아나
대단지 번番을 돌고 있다
　　　　　　—「로봇을 보다 - 아파트 경비원」 전문

　이미 우리 주위를 둘러싸 버린 물신들이 버티고 선 이 시대를 변현상 시인은 정확히 재현하고 있다. 그러나 그는 거꾸로 새로운 장치와 기계들을 똑바로 응시하며 그 안에서, 그들을 통해 상상력의 진로를 찾아간다. 이를테면 물질문명이 만들어낸 새로운 기계와 그 기계의 몸 안에서

새 문명의 세포들을 추동하는 새로운 상상력을 찾고 그
몸과 뼈를 주조해내고 있는 것이다. 생명에 대해서 명상
하는 시에서도 그러하다.「회전목마」를 보자.

> 사무실 창밖으로
> 비 오더니
> 볕이 난다
>
> 외숙부 별세別世 소식
> 생질녀 순산順産 소식
>
> 드 드 드
> 경계를 넘는
> 핸드폰 말발굽 소리
>
> ―「회전목마」 전문

　한 생명이 스러지고 새로운 생명이 탄생하는, 변치 않
는 사람살이의 모습도 변현상 시인은 낭만성을 제거하고
사실적으로 그려낸다. 지극히 단순하면서도 그래서 아플
만큼 통렬한 현실성의 은유를 동원하여 묘사한다. 핸드폰
말발굽 소리라는 종장의 후소절이 보여주듯, 생사의 전갈
은 말발굽 소리로 드러나고 있다. 그러나 이제 그 말발굽
소리는 핸드폰의 말발굽 소리이다. 인간이 물신을 숭배하

면서 다시 그 물신에 의해 지배받는 시대에 우리는 살고 있다. 피해갈 수 없는 시대적 변화 속에서 속박에서 벗어나 자유롭게 살기가 어려워진 것이 현실이라면 시인은 그 현실을 직시하고 정직하게 재현해야 할 것이다. 변현상 시인은 앞서가면서 시대의 변화상에 부합하는 새로운 이미지와 신선한 상상력을 모색하기를 멈추지 않는다.

3. 저자 거리의 연꽃들, 그 숭고한 생명의 힘

시인이라면 누구나 그러해야 하듯 변현상 시인 또한 생명을 찬양한다. 생명 지닌 대상들이 지닌 거룩함을 숭배하고 생명이 내뿜는 싱싱한 기운을 흠숭한다. 그러나 변현상 시인은 특히 약하고 힘없는 존재들, 권력의 자장으로부터 밀려나 외부에 맴도는 이들에 특히 주목한다. 그들이 지닌 생명력의 근원을 탐구하고 그 힘을 예찬한다. 먼저「힘!」을 보자.

내다버린 썩은 몸이 아금받게 싹을 올린
자목련 뚝뚝 지는
텃밭 울 옆 두엄더미
봄볕에 감자가 지은 마가리집 도담하다

질펙하거나 딱딱해도 앉으면 제자린 것을
고무다리로 포복하는 자갈치시장 그 남자

타고난 맨 처음의 힘! 필사마저 거절했다

연꽃을 올리는 건 맑은 샘이 아니었다
소뿔 뽑는 필력으로 한 획 한 획 뽑고 있는
도저히 꺾을 수 없는
연초록의 검센 뼈!

—「힘!」전문

　「힘!」에서 시인이 먼저 눈길을 둔 대상은 버려져서 두엄더미에 들었다가 그 안에서 생명을 싹틔우는 썩은 감자이다. 감자 한 알은 소박한 존재들을 대표한다. 감자 한 알이 세상을 바꾸어 놓을 만큼 대단하다고 여기는 이는 없다. 그런데 그 무력한 생명의 일부가 상하기라도 했다면 버려질 수밖에 없다. 그런데 두엄더미 안에서도 감자는 생명을 유지하고 있었던 모양이다. 그토록 완강한 생명의 기운은 사라지지 않고 연명하며 버티다가 봄볕에 그예 싹을 내고 말았나 보다. 버려진 몸이 깃들기에 적당한 집이 마가리집일 터이라 싹이 자라 마가리집을 이루었는데 시인은 그 집이 "도담하다"고 노래한다. 첫수에서 그렇게 버려진 썩은 감자를 두고 생명에 대한 찬가를 부른 시인은 둘째 수에서는 그 눈길을 자갈치 시장의 하체 장애인에게 돌린다. 다리 대신 고무다리를 지닌 채 그 다리로 시장 바닥을 포복하는 불우한 존재를 첫수의 버려진 감자와 병치

33

한다. 보금자리를 만들어 보호해주고 돌보아 주는 대상이 없다는 데에서 버려진 감자와 자갈치 시장 그 남자는 닮아있다. 그러나 그들이 지닌 생명의 힘은 참으로 위대하다. 감자는 썩어가는 거름더미 속에서도 싹을 틔워 마가리집 같은 집을 이루고 스스로 자신을 보호한다. 다리가 없어도 포복하면서 제 몫의 삶을 열어 가는 "그 남자"는 진자리 마른 자리 가리지 않는다. 가려 앉을 수가 없어서 모든 자리를 제자리로 삼는다. 버려져도 버려진 자리에서 싹을 내는 감자와 어느 자리든 가리지 않고 제 자리로 삼는 남자는 가장 강한 생명력의 표상이 된다.

그러나 변현상 시인은 그렇게 생명의 강인함을 예찬하는 데에서 멈추지 않는다. 한 걸음 더 나아가 그 생명의 힘을 뿔과 뼈라는 상징으로 드러내고 그 위에 연꽃 이미지까지 올려 놓는다. 그리하여 생명 예찬의 극치를 보여준다. "연꽃을 올리는 건 맑은 샘이 아니었다"고 변현상 시인은 셋째 수 초장에서 하나의 매듭을 먼저 짓듯 선언한다. 썩은 감자가 낸 싹과 자갈치 시장을 포복하는 남자의 삶, 그 아름다움을 진흙 속에서 꽃을 피우는 연꽃의 이미지에 투사하는 것이다, 그리하여 고통을 딛고 일어서는 생명의 거룩함을 노래하고 주변으로 밀려날 운명에 놓인 존재들에게 희망과 용기를 준다. 삭풍 치는 겨울날에 솔의 푸르름이 돋보이고 눈보라 속에 터뜨리는 매화 향기가 더욱 갸륵하듯이, 견디고 살아남기 어려운 곳에서 생명을 지키고, 일어서기 어려운 곳에서 일어서는 생명이 더없이 소중하다는 사실을 일깨운다. 그리하여 고통을 딛고 돋아 난 생명을 향하여 힘찬 생명의 찬가를 부른다. 여린 생명 이 지닌 강인한 힘을 긍정하고 확인하고 드높이는 것이 다. 버려진 감자와 불쌍한 남자의 생명을 단호한 목소리 로 예찬하는 종장을 보라. "도저히 꺾을 수 없는/ 연초록 의 검센 뼈!" 도저히 꺾을 수 없는 것이 뼈이고 생명력인 데 그 뼈는 단지 강하기만 한 것이 아니다. 연초록 빛깔을 지닌 뼈이며 연꽃의 사연을 아는 뼈이다. 가장 유약할 것 같은 대상에게 거센 뼈의 상징성을 부여하면서도 동시에 연초록이라는 색깔이 지닌 속성과 연꽃이 지닌 초월과 극 기의 상징성도 함께 부여잡고 놓지 않는, 그 대립되는 이 미지의 모순과 승화, 이질적인 것들의 충돌과 조화가 한 편의 텍스트 속에서 긴장을 놓지 않은 채 지속된다.

그토록 소중한 것이 목숨이고 그토록 완강한 것이 생명 을 향한 힘일진대 스스로 누군가를 위해 자신을 희생하는 존재란 그렇다면 가장 아름다운 연꽃 송이를 이루지 않겠 는가. 주변에는 짧고도 강렬한 삶을 살고 남다른 방식으 로 그 삶을 마감한 이들이 있다. 그들을 기억하며 그 장렬 한 죽음의 장소를 기억하는 변현상 시인의 독창적인 방식 을 보자.

그믐밤 금 긋고 가는 별똥별도 아름답고

흔적조차 남지 않는 짧은 생도 눈부시지
그러니
산 자들이여!
함부로 웃지 말자

화재 현장 불 속에서 널 구하고 못 나오는
열차에 뛰어들어 날 구하고 쓰러지는
펑펑 펑
순간의 불꽃
날 대신해 죽고 있네

—「불꽃놀이」 전문

　　불꽃놀이에서 화려한 축제의 이미지를 연상한다면 그
것은 상투성을 벗어나지 못하는 일이다. 불꽃놀이에서 화
려한 삶의 덧없음을 발견한다고 해도 그리 놀랍지 않겠
다. 또한 불꽃의 화려한 빛깔에 가슴이 뛴다는 것, 혹은 축
제가 끝난 뒤에 느끼는 공허함이란 낭만주의 시인들이 흔
히 노래하곤 하던 주제였다. 그러나 변현상 시인만의 고
유한 상상력은 불꽃놀이에서 순직한 소방관과 남을 구하
려다 열차에 치여 사망한 순결한 영혼의 넋을 찾아보게
한다. 순식간에 밤하늘 높이 솟아올라 장렬하게 산화한
이들의 삶을 불꽃놀이에 대비하고 있는 것이다. 더 나아
가 시인은 그 죽음이 다른 누구를 위한 것도 아니고 시적

화자 자신을 위한 죽음이라고 노래한다. 가장 높이 목을 뽑아 개화한 연꽃 같은 삶을 통하여 자신의 삶을 돌아보는 것이야말로 그 갸륵한 죽음을 기리는 가장 합당한 방식일지도 모른다. 생명이 소중한 만큼 희생은 더욱 고귀하다. 그러므로 변현상 시인의 상상력의 세계에서는 밤하늘 불꽃놀이는 스러져간 숭고한 생애를 기리는 제의가 된다. 그 화려하고 짧은 빛의 축제를 숭고한 죽음에 대해 명상하는 시간으로 바꾸라는 시인의 주문 앞에 자못 옷깃을 가다듬어야 하리라.

4. 권력의 지도에서 밀려나는 몸을 위하여

미국의 문학 비평가 데이비드 하비David Harvey는 현대 미국의 정치 경제는, 도시 내부의 "조직적인 유기organized abandonment"를 실천해왔다고 비판한 바 있다. 도시 내부에서 계층이 형성되고 부와 자본을 획득하고 소유한 자와 그렇지 못한 자가 나타나게 된 것을 개인의 문제로 보지 않고 사회 구조가 빚어낸 것으로 파악한 것이다. 다시 말해 몇몇 개인이나 불운한 어떤 계층의 사람들이 어쩌다가 도시 빈민을 형성하게 된 것이 아니라 도시 빈민의 출현은 경제 발전의 부산물이라는 점을 지적한 것이다. 하비의 주장은 미국 사회에만 한정되어 타당한 것이라고 볼 수 없다. 그것은 지구 곳곳의 도시 공간에 골고루 적용해 볼 수 있는 담론이며 우리 사회 또한 그 담론의 틀을 벗어나 설명하기 어려울 것이다. 국가의 정치적·경제적 행정의 전개 과정에서 조직적인 방기 혹은 유기가 기획되고 실행될 터이지만 도시의 발전이라는 명분 아래, 불운한 이들의 각박한 삶은 가려질 수밖에 없는 것이라 볼 수 있다.

그렇다면 이 땅의 작가와 시인들은 각별한 애정을 지니고 조직적 유기의 대상이 된 이들을 살펴야 할 것이다. 미국학자 제임스 경진 리James Lee의 표현을 빌자면 문자 그대로, 그리고 은유적으로도 "권력의 지도에서 지워진" 존재들에게 관심을 갖고 그들의 삶을 대신 재현하고 한 마음으로 그 불우함을 함께 목놓아 울어야 할 것이다. 변현상 시인은 누구보다도 앞서 가면서 그 작업을 해 나가고 있다. 정치적, 경제적 관점으로 그린 지도에서는 사라져 버린 이들의 삶을, 자신이 만든 문화적 지도에 표기하고 있는 것이다. 고산자 김정호가 올바른 지도 한 장을 위해 한 생애를 바쳤듯이 변현상 시인은 오늘도 자신의 문화 지도를 완성하기 위해 부지런히 걷고 있다. 비가 온 아스팔트 위에 석유가 쏟아진 자리, 거기 어리는 오색 빛깔 무지개를 시로 쓴다. 석유는 바위 기름이 되어 되살아 나고 바위 기름은 다시 무지개를 탄생시키는 숭고한 존재로 변신한다. 그처럼 값없고 하찮고 대부분의 사람들은 피해가는 것 조차도 제각각의 이유로 존재하고 제 값으로 발화發花, 發話하고 있다고 노래하며 그들의 존재를 인정해준다. 변현상 고유의 지도는 은유적인 지도만을 말하는 것이 아니라, 문자 그대로의 지도도 지칭한다. 특히 그는 부산의 필부 필부들에게 소중한 기억의 장소들을 답사하고 확인하고 기록하며 보존한다. 교양인과 지식인들에게는 하찮은 기억이거나 외면하고 싶은 우울한 장소일지도 모르지만 하루 하루 주어진 삶과 운명에 순응해 오다 개발의 이면으로 밀려난 사람들에게는 더없이 소중하고 정겨운 장소들도 잊지 않는다.

부산은 한국 현대사에서 일어난 사건들을 다른 어느 지역보다도 더 역동적으로 경험하고 구체적으로 반영하는 공간이다. 한국 전쟁 기간 동안 전시 경제의 중심이 되었고 각처에서 몰려든 피난민들이 삶을 유지하기 위해 아웅다웅하면서도 문화적 향기를 잃지 않기 위해 애쓰던 곳이다. 김동리 소설가의 표현대로 밀다원이었다. 1980년대 부마 사태로 기억되듯 민주화를 위해 결연히 일어서던 의기의 청년들이 들끓던 곳이었다. 부산항에는 수출과 수입을 위한 배들이 부지런히 드나들고 먼 수평선에는 하역을 위해 대기하던 화물선이 늘어서서 독특한 바다 경치를 완성해주던 곳이다. 1997년 IMF 관리 체제가 시작되자 그 충격에 크게 휘청거렸고 이후 수도권의 경제적, 사회적 발전에 비례하는 속도로 조금씩 빛을 잃게 된 공간이다. 변현상 시인의 텍스트에 등장하는 삶의 모습이 지도에서 지워진 인물들의 모습이듯, 부산이라는 공간 자체가 한반도의 발전 지도에서는 조금씩 지워져 가고 있는 것이 현실인 듯하다. 그러므로 변현상 시인이 텍스트에 기입하는 사람들, 특히 부산 사람들의 모습은 그 의미가 예사롭지 않다. 변현상 시인은 우리 역사의 소중한 한 페이지를 자신의 방식으로 다시 쓰기 하고 있는 것이다. 「계절이 지나간 도시」를 보자.

> 싯누런 호박으로 경상도식 전을 굽고
> 막걸리 소주 냄새 손짓으로 휘청대던
> 선술집 빨간 입술은 남포동엔 이젠 없네
>
> 사투리 머리카락 건들마에 나부낄 때
> 태평양을 갖겠노라 주먹 불끈 쥐었는데
> 자갈치 비린내 따라 매운탕도 식어갔네
>
> 담 너머 짝을 찾는 고양이 울음소리
> 그믐치 흩뿌리는 축축한 뒷골목 길
> 완월동玩月洞 디딘 걸음은 모두 다 순례였네!
> ─「계절이 지나간 도시」 전문

남포동과 자갈치 시장과 완월동은 부산 사람들의 삶을 찍는 카메라가 지나쳐 갈 수 없는 중요한 장소이다. 변현상 시인은 그 장소들이 우리들의 기억에서 완전히 사라지기 전에 문학적 재현의 지도에 그 공간을 기입한다. 그 공간에 깃든 사람들의 삶의 모습도 함께 기입한다. 호박전과 막걸리 소주로 남포동을, 태평양을 떠도는 뱃사람들과 그들을 위한 매운탕으로 자갈치 시장을, 그리고 고양이 울음소리 뒤에 외로운 몸들을 감추어 두면서 변현상 시인은 흘러간 시대를 재현한다. 현대식 건물이 들어서고, 전국 어디를 가더라도 똑같은 모습으로 단장한 둘레길과 정원들이 옛 추억의 장소들을 채운다고 할지라도 변현상 시인의 텍스트는 오래도록 우리 곁에 머물며 지나간 시절의 부산을 증언하고 있을 것이다. 단장한 콘크리트 건물 속에 단정하게 깃들어 사는 사람들은 꿈꾸어 보지 못할, 걸쭉하고도 질펀한 매운탕 국물처럼 넘치는 인정을 오래도록 기억하게 할 것이다.

「계절이 지나간 도시」에 이어 「자갈치 시장」 또한 부산의 풍경들을 지도에 기입함으로써 그 풍경들이 집단적 망각의 항체로 작동하게 만드는 것이 변현상 텍스트의 중요한 특징 중의 하나임을 보여준다.

오이소!
막 부른다
네온 불 밝히면서
어제 왔다 그냥 갔던 단골손님맞이하듯
불 켜진 남항 대교를 넘어오는 바닷냄새

보이소!
막 잡는다
자갈치 아지매들
자갈자갈 노래하는 자갈밭은 간곳없고
꼼장어 배를 가르는 비린내만 삽상하다

사이소!
사투리에 건배사도 걸쭉하다
"사능 기 그렁기라! 대박 치마, 우짤 낀데"
긴 하루 팍팍한 일정 소주잔으로 닫는다
—「자갈치 시장」 전문

오이소, 보이소, 사이소! 라는 세 마디가 각 수의 의미
를 규정하는 주제어로 가능하게 만들면서 변현상 시인은
자갈치 시장에 모여드는 부산 사람들의 정겨운 삶의 모습
을 그래도 재현하고 있다. 권력의 지도에서는 지워지더라
도 인정과 문화의 지도에서는 결코 사라질 수 없는 삶의
흔적들이 변현상 시인의 시어 속에서 다시 일어서는 것을
볼 수 있다.

그러나 「뭐든지 다합니다」는 변현상 시인 시세계의 특
징을 가장 잘 보여주는, 그의 대표작이라 할 수 있다. 한국
경제의 활황기에 산업 현장의 주역을 담당했든 한 인물을
그리는 「뭐든지 다합니다」 텍스트를 읽어보자. 변현상 시

인이 그리는 문화 지도의 성격을 바로 이해할 수 있다.

1
정년퇴직 박갑수씨 단독 주택 대문에도
비 젖은 고지서가 연체로 꽂히면서
파도가 들이닥쳤다 침몰하는 어선 한 척

2
콧물감기 훌쩍이는 입동 무렵 어둑새벽
골목 어귀 녹슨 트럭 어깨 높은 인력시장
대처분
부도난 제품
벽보가 또 붙었다

3
전무이사 상무이사
다 지나간 명암일 뿐
구명조끼 입은 채로 구명탄은 쏘아야지
일용직
가능합니다
뭐든지 시켜주세요!

—「뭐든지 다합니다」 전문

시인은 먼저 텍스트의 주인공 박갑수 씨가 처한 현실을 그린다. 정년퇴직, 비 젖은 고지서, 연체, 파도, 침몰 어선… 파도와 침몰 어선이라는 이미지 속에서 세월의 변화가 파도처럼 몰려오고 그 파도를 타고 넘기에는 이제 너무 낡아진 어선 한 척의 모습을 볼 수 있다. 그 어선은 침몰할 운명에 처해 있는데 침몰이 이미 시작되었다는 신호는 벌써 드러나고 있다. 박갑수 씨의 단독 주택 대문 앞에 놓인 고지서와 연체 통보 문서가 그 신호들이다. 그처럼 변현상 시인은 이미 초장에서 능숙한 솜씨로 위태로운 노년 남성상의 전형을 그려내고 있는 것이다. 단독 주택 대문을 짐짓 배치한 것에서 그 정교한 시적 장치를 발견할 수 있는 것이다. 한국 사회의 변화 속에서 아파트는 어느 사이 계층을 설명하는 기호로 변모하여 정착해버렸다. 아파트가 기득권층을 상징하는 안정된 주거 형태를 설명한다면 단독 주택은 세태의 변화에 적절히 적응하지 못하여 도태하는 세대를 지칭하는 것이 되고 말았다. 시장 가치, 교환가치가 아파트에 비하여 턱없이 부족한 단독 주택에 박갑수씨가 살고 있다고 소개함으로써 변현상 시인은 침몰하는 어선으로 그 주인공을 그려낼 준비를 완벽하게 하고 있다. 그 단독 주택의 이미지에 고지서와 연체 통지서의 이미지를 더함으로써 삶의 질곡에 정면으로 맞서야 하는 주인공의 삶, 그 신산함을 보강한다. 더구나 고지서는 비에 젖어 있다. 이미 고지된 지가 한참 되었다는 사실을 그렇게 비 젖은 이라는 수식어가 효과적으로 설명하게 만든다. 그런 다음 둘째 수에서 시인은 곳곳에 나붙은 벽보들을 모자이크한다. 그리하여 부산이라는 도시 공간의 경제적 쇠퇴에 대해 증언한다. "대처분 부도난 제품 벽보가 또 붙었다." 헐값에 넘겨진 상품들의 이미지를 통해서 박갑수 씨의 현재 모습이 선명하게 드러난다.

"뭐든지 다합니다"라는 제목은 노년을 위한 사회적 안전망이 턱없이 부족한 한국 사회의현실을 한마디로 대변한다. 텍스트가 암시하듯, 지난 시절에는 전무 이사라거나 상무 이사라는 직함도 지녔을 법한 사람이지만 나이 들고 직장도 잃은 채, 거리로 내몰리지 않으려고 안간힘을 쓰고 있는 이 땅의 무수한 사람들이 지닌 슬픔을 드러내주는 말이다. 대처분, 인력시장, 일용직… 그리고 뭐든지 다합니다.

뭐든지 다하면서 지켜가는 생명을 향하여 변현상 시인은 오늘도 손을 내민다. 마음을 함께 하고 위로를 나누며, 서로가 서로를 부축하며, 삶의 모든 사연들이 모두 한 편의 시가 되게 한다. 그리하여 권력의 지도에 맞서는 거대한 문화 지도를 완성해 나간다. 그 지도에 표기되는 모든 점들은 저자 거리에서 오히려 더욱 향기롭게 피어나는 연꽃 송이들이리라.

네가 땅을 탐한다면 하늘까지 다 주겠어!

휴일 공단

엔진 끄고 비 맞으며 쉬고 있는 저 공단은
일주일 가없이 달린 흘흘한 가장이며
양달쪽 한 가족 모두 책임을 진 사내이다

월요일 아침이면 다시 달릴 트럭 가장
오늘은 무거운 짐 맘 편히 내려놓은
사내의 어깻부들기 그믐치에 젖고 있다

대장 내시경을 하러 간다

상류에서 흘려보낸 숱한 날을 견뎠는데
말끔하게 마무리한 뒤끝이 있긴 하나
하류 쪽 수문을 열고 거슬러 보는 문학 기행

밤낮을 안 가리고
품삯 없이 통과시킨

전설의 땅끝 같은
동굴 속은 무사할까

공룡이 살고 있을까
화석이 박혔을까

분수대를 품다

그예 팍팍 떨어질걸, 산산이 부서질걸,

부서져 흩어질걸, 결국은 제자린걸,

한번은 걸어야 하는 다리품도 회전의자

무릎 꿇어 명령하는 만유인력에 맞서보는

살아있는 화산이 된, 물의 헛장 물의 폭발

겁 없이 솟구쳐 보는 투명함의 대거리

안 되는 줄 알면서도 거듭 거푸 나래 치며

비상飛上의 꿈을 꾸는 속에 감춘 나의 진심

품는다! 오늘은 그대, 멈춤 없이 무쌍하라!

첫 키스

올벼와
올 보리가
쉬쉬하는 비밀번호

올 보리와 올벼가 해머hammer로 확 부셨다

지워도
지워지지 않는
성서聖書에도 없는 죄!

세탁기 교회

세탁기라는 이름으로 세상에 온 선한 보물
'세상 때 묻은 자야 편하게 내 품에 오라!'
언제나 다이아몬드 변치 않을 선물이다

때 묻은 윗도리와 아랫도리 양말 속곳
드르륵 드륵, 드륵
드르륵 드륵, 드륵
물비누 뒤섞이면서 막 뒹구는 연합집회

유연제 거품 풀고 물세례로 씻김 봉사
드르륵 드륵, 드륵
드르륵 윙~윙~윙~윙
마침내 탈수로 부활 뽀송뽀송 향기롭다

첨성대

마음 없이 별만 센다
짜하고 왜자해도

그 말 듣지 않으리라!
뭉때려 버리리라!

천년이 다시 흘러도
서서 기다릴 저 남자

점등

도간도간 돌린 맷돌 당뇨로 멈추었다

두부 가게 박 씨 영감 눈도 점점 희미한데

해종일 더듬거리며 아내 따라 맴만 도는

알고 보면 모든 길이 캄캄한 밤의 걸음

어둠이 있으므로 더 빛나는 빛의 귀환

아내가 손목을 잡자 확 터지는 저녁 밤길

사랑愛

농막 옆 도로 갓길
차에 치인 주검 하나

차마 곁을 못 떠나고 나절을 서성이는

깍 깍 깍
까치 한 마리
비가 또
내린다

사랑愛

빙수

다 태운 뒤
바람 불면
흔적 없는 재 된다 해도

다짜고짜
불 확 붙은
눈이 먼 사랑이라

소롯이
갈아드리리
그릇에 담아드리리

거룩을 읽다

나부시 견뎌야 할 눈부신 사월 초파일
새 옷으로 포장한 일주문 앞 아스팔트
여상히
온몸을 깔고
발걸음을 받고 있다

놓치면 퍽 깨지는 물컵 같은 믿음부터
비워야 채워짐을 잃어버린 설법까지
모두 다 밟고 지나도 꿈쩍 않고 습습하다

언젠가 술에 취해 비틀비틀 걸어갈 때
벌떡, 일어나서 뺨을 치던 그 폭력이
새롭게 검은색 정장, 예까지 와 있었네

늘 듣는 풍경소리 들리거나 말았거나
밟히는 걸음걸음 너볏이 허락했네!
오, 나는
죽어도 못 할
몸 바치는 길의 비의秘儀

돌기름石油 꽃밭

소나기 퍼붓고 간 공사 중 이면도로
덜커덩 화물차가 기름통을 빠뜨렸다
사득판 흙탕물 위에 무지개 꽃 둥둥 뜬다

바퀴가 밟을 때마다 반죽이 되었다가
미소를 머금은 베일 두른 여인 되어
배시시 곡선의 몸매 미끈미끈 걀쯤하다

어쩔 수 없이
한 몸이 된
물, 기름의 일심동체
서로서로 꽉 붙안고 대근한 땅을 산다
공사판 진창의 길이 꽃밭이 되는 세상

2부

쓰다듬는 그 앓음을 알기까지가 참 길었다

꽃샘추위

긴 시간을 웅크린 채 견디고 온 착한 여자

갈근갈근 잔소리에 유리잔은 금이 가고

언제쯤 거든하실까
변덕 많은 시어머니

어섯만 따뜻하다 뚝 꺼지는 보일러다

오해를 다 지우면 매듭 풀고 데우겠지

주려다 다시 싸맨다
봄살이 박이옷을

염색하다

환하게 변장하는 도색이 한창이다

마을 골목 하나뿐인
재도장 정비업체

빛바랜 중고 용품들 옹기종기 모인 현장

이발소 의자 위는 지금 작업 한창인데

묵은 시詩를 퇴고하는 설어둠이 묻고 있다

흑인도 분粉만 칠하면 하얀 백인 되는가?

24시 편의점

이대로 끝을 낼까
이젠 무대 그만 설까

노래를 부르지만, 엄부렁한 무명 가수

아니다
잠들지 않는
노래는 깊은 밤의 빛

외딴집 닮은 동네
리듬 없는 골목 어귀

CU* 유명 악단 무대를 꾸미더니

낮과 밤 차별이 없다
노래한다
환하게

* 24시 편의점 이름.

파도에게

얼마를 맞아주면 네 분이 풀리겠니?

철썩! 철썩! 처 얼 썩!
처 얼 썩! 철썩! 철썩!

언젠가 먼지 나도록 볼기치던 연속극 속…

치면 칠수록 터지는 비릿한 울홧술 냄새

아, 아, 그래 너는…
생각이 다른 너는…

또 얼마 두드려 패면 네 분이 풀리겠니?

팔랑팔랑

탁자 밑을 지나가며 땀 흘리는 로봇청소기

아무것도 없어 텅 빈
붙잡을 것도 없는

그렇군! 그것은 생업 그곳은 너의 전부

꼭 그리 살아 있음을 증명해야 하는 거니?

아뿔싸,
문턱에 걸려
팔랑팔랑 저 몸부림

그렇군! 나의 하루도 팔랑대다 마감했네!

시詩는

칼 같고 천치 같고
탈탈 털면 하얀 빈방

고문해도 빙빙 돌려 진술하는 천진난만

껍질은 죽은척해도
살아있는 말들의 뼈

바위취 냄새 묻은
개여뀌 솜털 같은…

말하자면 뜬구름
소속 없는 무적 신분

왔을 때 확 껴안아야지
한눈팔면 도망이다

봄, 침묵기도

목련이
떠나 버린
기도원은 묵직하다

차곡차곡
포개지는
근량 못 잴 저 쇳덩이

도저히
들 수가 없고
손 넣을 틈이 없다

늦더위

뜨겁게 살아야 해 추우면 되겠는가?

아직도 속 깐지고 비키니를 걸치는데

현실은 중년 끝자락 마지막 외출 같다

곳곳에 달아오른 울긋불긋 붉은 반점

마기말로 아직 젊다 꺼지는 불 지피더니

갱년기 나슨한 소리 연신 땀만 훔친다

징 소리

쌓아 올린
큰 벽 앞에
메잡이 젊은 사내
전생에 대장간의 앞메꾼 야장冶匠이었나
얼어서 열리지 않는
수문을 후려친다

평생을 꼭 참아내던 꽉 막힌 수도 배관
살아있는 활화산은 자꾸 댐을 짓누르고
갇혀서 응축된 압력
마침내 폭발했다

감천항 방파제에서

"박살이 난다 캐도, 좋은데 우얄 끼고!"
"하모 하모, 맞다 맞다, 말로 하마 안 되는 기라!"

눈이 확, 뒤집힌 처녀
홀랑 벗고
달려온다

신호등 총독

바쁘게 살아가는 오거리 다섯 지파支派
그들을 다스리는 탈 없는 총독 계셨으니
모든 이 그를 가리켜 신호등이라 칭하였다

CCTV 카메라 달고 꼿꼿하게 집행하며
보무라지 한 점조차 허락지 않는 원칙 통치
저 명령 굵고도 곧다
누가 감히 대적하랴!

거짓부렁 범람하는 완만한 혀의 시대
헝클어진 도로를 불빛으로 죄다 푸니
오늘도 다섯 지파는 불통 없이 시원하다

다정하다는 것

아내와 손을 잡고 산책로를 걸어봤다
신혼인 사위 딸은 한참 뒤에 따라오고
바쁘다 이유 하나로 외식 한 번 못 했는데

보기가 좋습니다! 참 다정하십니다!
지나가며 인사하는 산책 중인 또래 사내
아파트 승강기에서 자주 봤던 얼굴 같다

다정하다는 그 말이 스쳐 가는 말이지만
슬그머니 들어와서 가슴 가득 넘쳐난다
살면서 다정하다는 것 느껴본 적 언제였나!

미소 담긴 아내 눈을 애써 슬쩍 외면하며
딸과 사위 돌아보니 왜 저리 다정한가?
날마다 생일이라면 다정 많이 넘치겠다

3부

모두 얼룩 아닌가? 딛고 온 저 발자국

63빌딩

꽉 묶인 위리안치
껴안고 살고 있는

63개 등뼈를 가진
사나이는 삼십 대

전생에 산이었을까
구르다 온 바퀴였을까

바로 옆 한강 물은
묵인하고 흐르는데

없던 일로 퉁 치자는
누추한 밤 자리 깔자

환하게 뼈마디마다
층층이 불 밝히네!

다뉴세문경 多紐細紋鏡

비파형 동검을 찬 족장 아내 소유였나
동이족의 이야기가 촘촘히 새겨있는
동심원
세문細紋을 따라
내세來世를 온 청동거울

고인돌 훑고 가는 윙윙 우는 황소바람
헝클어진 머리칼을 꾸미개로 빗으면서
제 얼굴 단장을 하는 그 마음은 꼭 같으니…

아직도 반짝이는
밤하늘 은하의 강
빛난다고 모든 것을 별이라고 아니하듯
죽어도 죽음이 아닌
고조선의 푸른 저 빛

라면을 끓이는 동안

끼니는 못 말리는 습벽의 독한 종교
불붙은 버너burner 위 노천 온천탕 속에서
드스한 아지랑이가 아지랑이 게워 낸다

한 사흘 굶어 봐야
깨닫는 저 신기루
눈감으면 보인다는 저 몸의 통성 고백
겉뜨물 되기 싫었다
슬슬 끓는 전신 공양

육식 채식 뒤섞어 과식하는 요즘 식탁
사막을 막 건너온
배고픈 낙타 한 마리
짧은 목 늘어뜨리고 냄새 풀풀 먹고 있다

물의 시론

아내가 떠다 놓는 컵의 물을 바라보며
진통제를 꺼내 들고 하루 패를 되감는다
내 작은 탑을 쌓느라 수시로 바꾼 패들

비였다가 강이었다가 으깨지는 폭포 되는
입 다문 흐름으로, 몸으로 시詩를 쓰는
깡그리 마셔보라는 도발하는 물의 알몸

뼈 없는 몸뚱이로 온 누리 떠돌면서
언제나 방황인 걸 이제 와서 듣는 저녁
때리는 굵은 빗소리 장마가 무척 길다

나침반

동편에 붙었다가
서편에도 붙었다가

편 한대로 옮겨 타는 참 흔한 세상인데

참으로 장하십니다
옹고집
장군이시여!

홍어

파도와 조류潮流에게 대들던 순간들은

지느러미 달린 자의 꽃 피는 봄이었다

어두운 바닷속에서 큰소리친 권력이었다

부관참시 초대하는 부패를 아시는가?

사멸의 땅을 마중 가는 코끼리의 걸음같이

천천히 끄집어내는 웅숭깊은 몸의 바침

등뼈까지 죄다 삭혀 열반을 꿈꾸지만

접시에 담겨 나온 한 점 살점으로의 부활

함부로 논하지 말라! 얼룩 묻은 몸이라면

겨울

손돌바람 장알대는 서릿발 내린 길을

허연 입김 토해내며 걱실걱실 오고 있다

뜨거운 약손을 가진 서슬 퍼런 의붓아들

무적霧笛

좌표도 나침판도 잃어버린 뚱보 사내
짧은 목에 굵은 소리
연거푸 나팔 불자
막 잠든 파근한 몸이 화들짝 깨어난다!

언제나 길은 없어 맛문한 세상의 길
오른손이 하는 것을 왼손까지 몰라도 돼
꼬리에 꼬리를 물고
굵게 죽 죽
멀리도 간다

자갈치 시장 2

산수유
오메가3
우루사
동충하초

복분자
원기소 두 알
박카스
비아그라

기氣 받고
되살아나는 유대광야의 아우성

힘!

내다버린 썩은 몸이 아금받게 싹을 올린
자목련 뚝뚝 지는
텃밭 울 옆 두엄더미
봄볕에 감자가 지은 마가리집 도담하다

질퍽하거나 딱딱해도 앉으면 제자린 것을
고무다리로 포복하는 자갈치시장 그 남자
타고난 맨 처음의 힘! 필사마저 거절했다

연꽃을 올리는 건 맑은 샘이 아니었다
소뿔 뽑는 필력으로 한 획 한 획 뽑고 있는
도저히 꺾을 수 없는
연초록의 검센 뼈!

폭포 읽기

끝없이 맞아 우는 시퍼런 저 멍 자국
폭포라는 그 이름이 그리 큰 죄였든가
쉼 없이 두드려 패는 잘못이 무엇인가

잔인한 풍경화에 산과 하늘, 눈을 감아
멀어지면 귀를 막아 귀맛 없는 세상이라
죽은 자 또는 산 자가 속 시원히 답하겠나?

온몸을 내리꽂아 낮음에 든다는 걸
눈앞에서 보여주는 산산조각 피비린내
저토록 아픈 거구나 사뜻하다 큰 울림!

로봇을 보다

― 아파트 경비원

호흡을 위해 버둥대는 땀내 나는 저 유니폼
통돌이 세탁기든
드럼 세탁기든
때 묻은 옷과 씻기며 만신창이가 된다

흔들면 흔들리는 시늉을 해야 한다
속절없이 비에 젖는 화단의 풀 되어
젊은 새 새파란 새가
똥을 싸도 맞고 마는

부녀회 물비누와 입주자회 유연제랑
한통속 빨래가 되어 매일 죽는 유니폼들
오늘도 다시 살아나
대단지 번番을 돌고 있다

뭐든지 다 합니다

1
정년퇴직 박갑수씨 단독 주택 대문에도
비 젖은 고지서가 연체로 꽂히면서
파도가 들이닥쳤다 침몰하는 어선 한 척

2
콧물감기 훌쩍이는 입동 무렵 어둑새벽
골목 어귀 녹슨 트럭 어깨 높은 인력시장
대처분
부도난 제품
벽보가 또 붙었다

3
전무이사 상무이사
다 지나간 명암일 뿐
구명조끼 입은채로 구명탄은 쏘아야지
일용직
가능합니다
뭐든지 시켜주세요!

4부

정말 부끄러운 건 고개 돌려 외면한 일!

재개발 지역

포달진 굴착기 무쇠 팔 휘두른다
그 누구도 쉽지 않은 40년을 견딘 주택
쾅! 쾅! 쾅! 지붕을 찍자 내려앉는 어깨박죽

벽지만 발라줬지, 수술 한번 안 했는데
하늘이 무너지고 산사태가 일어난다
철근을 움켜잡은 팔 울부짖는 창문틀

흘러간 이야기는 향기로운 꽃밭이지
사매질 치는 형장 간당대는 옆구리들
갑이별 섞여 있는 게 왜 이제 보이는가?

푸르지오*

산불이 휩쓸고 간 뒤
탄내만 남은 오후 같은
사각형 벌집 속을 들락거리는 무표정들
햇빛은 짧아졌지만 그림자가 길었다

푸르죠? 하며 되묻곤 제멋대로 흥정하는
새빨간 밤 화장에 코가 큰 가짜 얼굴
실신한 푸른 언덕을 깨운다는 말은 없다

콘크리트 옹벽 따라 푸름 지운 사각형들
그림자 숲을 따라 벗나가는 회색하늘
딱딱한 발의 뒤꿈치
자꾸 금이 가고 있다

* 아파트 브랜드 이름.

금 간 유리구두의 나날

폭탄 메고 예 왔을까
세상 문 두드리고
종교라는 검은 터번 억지로 쓴 여린 새싹
콩 나물 시루에 담아 찰나로 쓸 저 악마들

기껏! 모래바람에 춤추는 신기룬데
쾅! 한방 자살폭탄!
펑! 터지는 비닐봉지
종말이 오고 있는 걸 어렴풋이 느끼는가?

땡볕 아래 아이스크림 명토 없는 마지막이
멍하다가 저릿하고 짠하다 울컥한다
저 최후 낯설지 않다
미련 없이 몸 바치는

돌아라! 비정규

"보소! 보소! 어이~반쪽!"

뭘 보고 반쪽이래?
방주에 용케 얹혀 얼씨구나 예 왔거늘
비켜라! 온전한 몸으로 어화둥둥 막 구른다!

죽어라!
죽어라! 해도
죽지 못해 도는 나를
돌아라! 돌아, 돌아,
말 안 해도 막 돌 건데
막내딸 대학까지는 날 제발 세우지 마!

압화押花 생각

생선 냄새 남아있는 퇴근 시간 눅눅한 밤
모둠발을 웅크린 고양이를 보았다
가로등 희미한 불빛 쓰레기봉투 터진 도로

'나비야' 불러보면 잽싸게 나타나서
동그란 눈동자로 '야옹' 하며 대답하던
해맑은 나의 유년기 새까만 그 고양이

늘 바쁜 이른 새벽 출근길의 로드킬roadkill
탈출하다 총 맞은 듯 국적 불명 난민 한 명
아직도 마르지 않은 붉은 피의 납작한 꽃

바코드

하늘에도 없는 직장
취직을 할 거라고

굵거나 가늘거나
키가 같은 구직 행렬

일렬로
줄을 서 있다
면접 대기 프로필!

까치밥 2

늦가을 혼자 먹는 찬밥은 정말 싫어

썰렁한 우듬지
명문대 교수 부인

초겨울 폭설이래도
뜨겁게 남고파라

남편마저 떠나보낸 아파트 꼭대기 층

매달려 더욱 맑은
피아노 연주 소리

빨갛게 물든 아흔 살
식을 줄을 모른다

얼음의 발견

폭염이 들쑤시는
헐렁한 중복허리

경비원 아저씨가 초인종 누를 때까지

끝자락 적막한 땅끝
1005호는 냉돌 감옥

피붙이 기다리며
열어 놓은 베란다 문

구들더께 소주병만 훑고 가는 바깥바람

구급차 나절가웃에
얼음을 싣고 떠났다

이명耳鳴의 밤

멈춤 없이 들려오는
고장 난 저 경고음
울림통을 통과한 낮은음자리 음표들이
아긋한 틈바구니를 배턴baton터치 하며 온다

말없이 듣기만 한
산도 가끔 울 때 있어
고장 난 줄 모르고 누가 또 건드렸나
방전될 배터리들의 길고도 질긴 비명

속으로만 흐느끼는 슬픔의 긴긴 경로
헐거운 비정규직 검질긴 투쟁의 밤
오늘도 지샐 참이다
껴안고 건너야지

부활

사고 차량 정비공장은 아프리카 사바나savanna
목덜미를 꽉 물려 견인차에 끌려오는
외어깨 덜렁거리는 호흡 없는 1톤 트럭

터져서 주저앉은 타이어와 범퍼 몇 개
주럽 쌓인 몸을 끌고 살아남은 그대들도
그렇군! 나와 똑같은 기약 없는 무기수無期囚

최후의 만찬인가 쾅쾅 쿵쿵 망치 소리
움켜쥔 달음질을 놓지 않고 벌벌 떨던
중, 고, 차, 이름을 달고 죽었다가 살아난다

마침내 그리고 마침표

당신들 패거리는 나를 열지 않았어!
개 무시 58 개띠를 똥개로만 알았는가?
국민이 주인장인 걸
아니 내가 주인인 걸

와신상담臥薪嘗膽과 면담한 뒤
맛있게 밥 드셨나?
무작정 둥친 파도로 다짜고짜 외치면서
신기루 허장성세로 기고만장 막 펼쳤네!

함박꽃과 함박눈을 한 함박에 담지도 않고
떨리는 겨울 표도 이제는 안 찍는다.
월! 월! 월!
개가 짖는데 오기도 하네! 저 기차!

※ 지방선거를 앞두고 "개는 짖어도 기차는 간다!"라는 이상한 말을
   한 정치인이 있었음!

어우렁더우렁 프로젝트
― 선거

파묻었던 거실도 제자리에 갖다 놓고

깔깔깔, 웃음부터 어머, 어머, 미소까지

기운 채 눈치만 보던 양팔 저울 치우기 위해

'우리가 남이가' 질긴 말들도 팍 쳐내고

말 못 하게 묶어놓은 밧줄을 끊기 위해

오롯이 감금당했던 콧노래를 찾기 위해

로또복권 종이에 행운 번호 적어 넣듯

어렵지만 절친했던 삼겹살과 소주를 위해

기표를 하기 전까지 쓱쓱 싹싹 낫을 갈자!

몬테크리스토 백작*

11월 끝자락이
청학동을 훑고 간다

감옥이 된 산중의 섬
삼성궁 넓은 비알

피 묻은 단풍의 손이
에드몽의 손가락

갇힘의 억울함을
돌로 꾹꾹 쌓아 놓고

손이 시린 왜바람에
하마 몇 번 울었겠다

죽어야 복수를 하는
입관의 계절이다

* 1844년-1846년에 연재된 알렉상드르 뒤마의 소설.

대낮에 온 이명耳鳴

마른장마 핑계 삼은 분수대는 문 닫았다

이때다, 하고 열 받은
양수기 공회전 소리

꽉 막힌 외이外耳를 거쳐
중이中耳 내이內耳 막 가른다

매미들의 하소연쯤
개꿈으로 듣고 자는

보신탕집 복날 마당 코를 고는 개 한 마리

일직선 고압 전류가 두뇌를 통과 중이다

5부

볼 적마다 변하는 건 내 눈이 작나 보다

테트라포드Tetrapod

노대바람 등에 업고 대놓고 달려드는
한눈팔지 못하는 최전방 전투 현장
단단히 스크럼을 짠
방어선 앞에 섰다

애초부터 휴전 없는 전쟁을 바라보며
전설 속 불가사의한 아틀란티스 떠올린다
사라진 대륙에 얹혀 수장된 병사들을

생각할 틈도 없이 또 퍼붓는 화살과 창
통짜로 달려드는
시퍼런 인해전술
전쟁은 죽음뿐이다!
저, 짙은 피의 비린내

경이로움의 후기

두 개의 속삭임이 힘으로 와 재촉한다
'안 돼! 안 돼! 뛰면, 안 돼!'
'뛰어! 뛰어! 그냥 뛰어!'
더 높은 번지점프대 소마소마 서 있을 제

힘 첫째와 힘 둘째의 두근두근 쌈박질을
토닥토닥 달래면서 화해시켜 돌려놓다
마침내 눈을 꽉 감고 제 몸 던져 확인할 제

뜨거워도 안 만나면 싱겁고 서먹함을
얼마나 불타는지
껴안고야 알게 되지
무조건 잡아당기는 만유인력 외사랑!

횟집 도마

나뉘는 것에 익숙한 도마 몸은 바다였다
광어의 파닥임이
피눈물이 아닌 것은
쓰디쓴 파도의 맛을 이미 알았기 때문이다

어쩌면 저 몸속에 돌고 도는 바퀴가 있어,
다시 또 구른다면
축축한 길 굴러갈까?
외통길 모퉁잇돌의 몸으로 하는 저 순례

늪에 빠진 쳇바퀴로 묵묵하게 반복되는
칼질을 받아내는
넓고 넓은 엄마의 품
파도가 사라져 버린 저 도마는 바다다

쉬는 도마

차가운 칼날을 한평생 받아내다
넓었던 가슴 한복판 움푹 팬 저 남자
아무도 그의 속내를 알려 하지 않았다

토막 나는 몸통들을 눈 딱 감고 받아낸
현기증에 노출된 그의 몸은 정신노동
한 번도 결근이 없는 성실한 근로자였다

원치 않게 앓아눕는 매운맛이 다져지면
딸 닮은 수박 맛의 달콤함을 기억하며
살아서 팔딱거리는 비린내를 꾹 삼켰다

일할 수 있을 때가 편하고 가장 좋다
다들 아는 그 철학을 평생 행한 늙은 아빠
주방 밖 햇볕을 쬐며 오늘은 쉬고 있다

불꽃놀이

그믐밤 금 긋고 가는 별똥별도 아름답고
흔적조차 남지 않는 짧은 생도 눈부시지
그러니
산 자들이여!
함부로 웃지 말자

화재 현장 불 속에서 널 구하고 못 나오는
열차에 뛰어들어 날 구하고 쓰러지는
펑펑 펑
순간의 불꽃
날 대신해 죽고 있네

완벽한 직설

해서는 안 될 사랑 그 사랑을 넘어버린
"아-아 죽어도 좋아! 정녕 그런 것인가?"
스스로 먹이가 되어 죽음으로 죄를 씻는

눈동자 붉게 탈 땐 뵈는 것이 없었겠지
진실로 사랑은 저토록 처절한가
나 저런 사랑이라면 목숨 한번 걸어 보리

수컷이 암컷 먹여 수컷이 암컷이 되는
꼭꼭 씹어 삼키는 완벽한 힘의 직설
마귀가 철썩 붙어서
사, 마, 귀, 직설이다

측은지심 1
— 신용불량

겁 없이 척척 쌓은
벽 앞에 멈추어 선

알록달록 이력을 가진 무릎 꺾인 저 휠체어

그 벽을 넘을 수 있니?
너무 많이
쌓았어!

측은지심 2
– 바퀴벌레

은폐와 엄폐 사이
국경선을 배회하는

힘이 없어 쫓겨나는 그들은 소수민족

함부로
나오지 마라!
눈에 띄면 사살된다!

측은지심 3
— 압화押花

그리 못 잊을 양이면 껴안고 같이 죽든지
맨 처음의 웃음으로 가없이 훔훔해야지

아니네!
이건 아니네!
박제가 된
향기 한 잎

원대리 자작나무

백석의 시마詩魔 속을 횡단한 자작 너는
개마고원 훌쩍 넘어 낭림산맥 휘몰아 온
광활한 북방의 영토 개척한 정통 혈통

서슬 퍼런 하늘 바라 하얗게 대작對酌하는
아, 아 눈을 감고 똑바로 쏘아보며
꼿꼿이 목을 겨누는 창을 잡은 저 결사決死

여우 털, 모자 쓰고 오늘 너와 곧추서서
내설악 꽁꽁 언 몸을 자작자작 태울거나
우우 우 흰 뼈를 깎아 하늘 밑을 쑤실거나

한반도 조감도

끊어진 백두대간을 유산으로 물려받은
거대한 굴착기의 조종간을 잡은 사내
퀠~퀠~퀠 눈보라 뚫고 무한궤도 굴린다

음속으로 질주하는 마하 2.5 제트 굉음
SCM 4 특수강이 용광로에 처박히고
쇳물이 혈관을 뚫고 울컥울컥 솟구친다

달이 해를 갉아먹는 일식은 끝이 났다
일백오십 킬로톤 우라늄이 펄펄 끓던
원자로 무제한급이 콘크리트에 봉인된다

영변 약산 진달래꽃* 다시 피길 기다리며
허리께 멍든 곳에 덧대는 무쇠 철판
검붉은 사회주의의 DNA가 꿈바르다

* 김소월 「진달래꽃」에서 차운, 북한 핵시설이 있는 지역.

미세먼지 습격의 날

조교는 출입구를 자물쇠로 봉쇄했다

숨 막히는 가스 실습
어디로 가야 하나

화생방
실내 훈련장

아! 열외例外를 하고 싶다

6부

왔다가 가는 걸음은 왜 이리 사무치지?

치매
— 목욕을 시키며

장미 향기 모춤하던
그 오월이 어제인데
움켜쥐면 부서지는
매미 허물, 되신 당신
오늘은 어쩐 일인지 해종일 맑습니다

영영 떠날 아득한 날
뒤설레 없이 오겠지만
꽃피고 꽃이 짐을
숱한 날이 피고 짐을
그래도 어쩌겠어요? 이젠 벗고 씻어야죠!

땀 훔치던 당신의 길 어찌 차마 잊겠어요?
빙충맞은 3남 2녀
물리고 업고 안고
아직도 그때의 길을 미소로 건너시는 지금

열두 음보音步 소주에 대한 보고서

두 개의
얼굴을 가진
야구장의
무사 만루

보이지 않는
나라에서
액체로 온
초청 여권

무섭다
중독 살해 꿈꾸는
투명한
청부업자

계절이 지나간 도시

싯누런 호박으로 경상도식 전을 굽고
막걸리 소주 냄새 손짓으로 휘청대던
선술집 빨간 입술은 남포동엔 이젠 없네

사투리 머리카락 건들마에 나부낄 때
태평양을 갖겠노라 주먹 불끈 쥐었는데
자갈치 비린내 따라 매운탕도 식어갔네

담 너머 짝을 찾는 고양이 울음소리
그믐치 흩뿌리는 축축한 뒷골목 길
완월동玩月洞* 디딘 걸음은 모두 다 순례였네!

* 옛 부산시의 사창가, 지금은 사라졌음!

자갈치 시장

오이소!
막 부른다
네온 불 밝히면서
어제 왔다 그냥 갔던 단골손님맞이하듯
불 켜진 남항 대교를 넘어오는 바닷냄새

보이소!
막 잡는다
자갈치 아지매들
자갈자갈 노래하는 자갈밭은 간곳없고
꼼장어 배를 가르는 비린내만 삽상하다

사이소!
사투리에 건배사도 걸쭉하다
"사능 기 그렁기라! 대박 치마, 우짤 낀데"
긴 하루 팍팍한 일정 소주잔으로 닫는다

섣달

아쉬움이란 관념어를
쓰려고 하지 않았지만

깔끔하길 바라면서 마무리하는 여자

조용히 원고지 위에 파장머리라 적는다

아욱씨 닮은 싸락눈
오기를 기다리다

충혈된 두 눈으로
복권방을 들른 사내

마지막 패를 꺼내어 즉석 복권 긁는다

오후 3시

걸차던 모니터의
눈꺼풀이 대꾼하다

입금이 지체되는지 무음으로 흐르는데

고갯길
넘는 도시가
느른하게 누워있다

회전목마

사무실 창밖으로
비 오더니
볕이 난다

외숙부 별세別世 소식
생질녀 순산順産 소식

ㄷ ㄷ ㄷ
경계를 넘는
핸드폰 말발굽 소리

뜨거운 가족

1.

무성한 잎 다 떨어낸 야윈 근육 질긴 혈관
그 무슨 가족사가 저리도 복잡한가?
12월 교회당 담장 담쟁이넝쿨 복작복작

햇볕 향한 발걸음이 본능의 몸짓인지
아니면 떨어짐에 대한 구원인 줄 알았는지
눈으로 볼 수 있는 건 기어오르는 힘줄뿐

2.

홀로 사는 한 여인도 쳐다보며 지나갔고
껍질이 된 한 사내도 한참을 보다 지나는데
무작정 허공을 탐한 시선으론 읽지 말라

가족이 된다는 것 실로 장엄한 일
손과 손 움켜잡은 저 넝쿨이 차라리 핏줄
뜨겁게 서로 붙안고 시린 계절 건너간다

길을 보다

길에도 길이 있는 걸
길을 가며 알아냈다

가고는
온다는 것
그것만 생각했다

걷는 게 무엇인지도 정작 알지 못하면서

당돌한 골목

꽃 꿀 철
환한 대낮을
뜨겁게 보낸 햇볕이
슬그머니 꼬리를 말곤 소리 없이 떠난 골목
담장 위 장미꽃들이 향수 풀풀 날린다

철없는 십 대들이 함부로 지나간 뒤
비아그라를 몰래 먹은 중년 사내 몸짓 같은
숙였던 외등 불빛이 발기를 시작한다

저런 당돌한 유혹 본 적이 없었는데
새빨간 립스틱에 윗마기 벗은 여인들
발정 난 황소바람이
유월 끌고 지나간다

감기 몸살

푹 젖은 내 침대가 온몸을 짓누른다
소실점을 향해가는 소리 없는 불빛 한 줄
마놋빛* 각막을 뚫고 투명하게 겹친다

어둠은 바드럽게 위험 수위 향해 가고
아가리 벌린 강물 다리마저 삼켜놓고
돌방죽 뭉개보려고 팽팽하게 타울댄다

눈뜨고 못 뜨는 게 건너편과 경계던가
인적 끊긴 저 밤길이 으쓱으쓱 떨리는 법
졸음은 눈꺼풀 잡고 쉼 없이 매달린다

* 마노의 빛깔과 같이 광택이 나는 붉은 갈색.

이학복 여사 사랑하요!

'꼭 이리 말을 해야 그 속이 시원한가!'

퉁명스레 미소 짓던
아버지 그 투정이
어머니 임종 앞에서 또 생각이 나는 시간

태양은 돌고 돌아
제자리서 참 환한데

나 또한 돌고 돌아 제자리로 가겠지만
빨갛게 달아오르던
엄마의 수줍음이라니…

아쉬움

문 없는 집
꽃이 지고
또 꽃피고 꽃이 지고

또, 또, 또
피고 지고
졸수卒壽를 반복하고

철커덕 닫는 저 소리
호상인데…
호상인데…